Die Dithmarschen

Novelle

Detlev Freiherr von Liliencron

I.

Viel, sehr viel, und oft von ausgezeichneten Männern, ist über die Unabhängigkeitskämpfe der Schweiz geschrieben. Schiller hat gewissermaßen in seinem »Tell« den Punkt gesetzt. Wer kennt die Dithmarschen?

Mit höchstem Mut, mit höchstem Allesdransetzen für ihr kleines Vaterland haben sich diese geschlagen. Wie die Schweizer waren sie von unbändiger Freiheitsliebe beseelt. Vaterlandsliebe ist unser Heiligstes. Wer nicht den Bratspieß und den Grütztopf vom Herde reißt dem eindringenden Feinde entgegen, ist nicht wert, verachtet zu werden.

Die Dithmarschen, dem großen Stamme der Friesen gehörend, sind sächsischen Ursprungs. Das ist jetzt unleugbar bewiesen. Es ist ergötzlich zu lesen, wie sehr, bis ins vorige Jahrhundert hinein, die Chronikerzähler und Geschichtschreiber sich abmühten, die Herkunft eines ritterlichen Geschlechtes oder eines Volkes abzuleiten. Vater Noah ist immer der erste. Aber auch von Odin, von Alexander, Hannibal, Cäsar sollen die Dithmarschen abstammen. Sie gehören zu denen, »die sich bald unter denen, so nach der Belagerung der Stadt Clusium die Römische Republik in ein Kapitolium eingeschrenket, finden lassen«; »also daß die Dithmarschen unter den ältesten Völkern gewesen, wie solches aus dem Herodoto, so A. M. 3146 seine Historie angefangen, zu ersehen«. Und was mehr des Unsinns ist.

Wie oben erwähnt: Unzweifelhaft sind die Dithmarschen, ein Zweig der Friesen, sächsischen Blutes. Mit den freien Nordfriesenbrüdern haben die freien Dithmarschenfriesenbrüder fast immer in Streit gelegen. Hier bildet die Eider die Grenze. Also hüben und drüben allerlei Feuerschein von abbrennenden Mühlen und Höfen. Stehlen von Vieh und Weibern. Unfehlbares Aufgehängtwerden der in der Rauferei Gefangenen.

Wahrscheinlich werden die Dithmarschen (Friesen) von der ostholsteinischen Küste durch die Slawen verdrängt sein. Am Baltischen Meer, von Preußen bis nach Kiel (die Grenze kann zollbreit nachgewiesen werden), saßen oder drängten und drangen allmählich vor: die Slawen. Aus Pommern hatten sie, Plön in Holstein gründend, ihren Götzen Prone dorthin mitgeschleppt. Nach der einzigen

Beschreibung, die wir von diesem haben, muß er den Molochsöfen in Karthago nicht unähnlich gesehen haben. Vielleicht vor ihm besonders sind die treuherzigen Sachsen davongelaufen. Wer kann es wissen. Kurz, die Vertriebenen nisteten sich fest in Dithmarschen, einem Länneken zwischen Elbe und Eider. Ob sie diesem Landstrich den Namen gaben, ist nicht genau klarzulegen.

Zuerst ein Durcheinander: Wer regiert die Dithmarschen. Dann traten immer klarer die Stader Grafen als Besitzer Dithmarschens hervor, etwa bis Ende 1100. Die Stader Grafen, wechselnd verwandt mit den Ottonen, den Hohenstaufen, den Welfen, schickten ihre Statthalter hinüber. Aber hier schon zeigt sich der Dithmarscher: Wohl alle diese Grafenstellvertreter, die sich auch als eigene Herren dünken mochten, werden überfallen, verbrannt, ermordet. Einmal droht Heinrich der Braunschweiger hinüber. Ja, er setzt sich auf große, breite Piratenböte, landet und schüttelt auf dem Außenelbdeich zornig die Mähne. Dann steigt er von ihm hinab in den Fettboden, und das übliche Morden, Brennen beginnt. Kaum aber ist der Löwe (der Löwe in Dithmarschen!) wieder verschwunden, um Bardewik den vernichtenden Tatzenschlag zu geben, erheben sich die Dithmarschen, würgen die Oberaufseher ab, schleifen die Zwingburgen, breiten die ungeheure Brust und rufen: »Nun lat em kamn.«

Endlich verschwinden die Stader Grafen; es errichtet sich eine Republik, geleitet von den achtundvierzig Regenten. Aber das schlaue Auge eines Priesters, des Erzbischofs von Bremen, blinzelt und liebäugelt hinüber, und richtig: die Dithmarschen nennen sich nun: die Kirchenzollpfennigsteurer des Bremers. Nun fortwährendes Geldgewünsche von Bremen her, kluges Abschlagen, oder wenn nicht anders möglich, aufs äußerste Beschneidung des »Zollpfennigs«. Den einen Vorteil hatten sie durch das »herzliche Verhältnis« mit dem Bremer: der Papst streichelte sie. Und rührend ist es zu verfolgen, wie durch Jahrhunderte die Dithmarschen in heiligster Verehrung dem Servus servorum Dei zugetan sind. Die Päpste dagegen, die Dithmarschen für halbe Walfische betrachtend in einem ungeheuer entfernten Moorlande, schützten sie. Sie waren die Nesthähnchen der heiligen Väter. Einmal, aus Dankbarkeit, sandten sie nach Rom ein Schiff (eins von ihren Bulldoggen) mit Butter, Speck, Korn, Heringen. Aber es versank im Biskayischen Meerbusen. Entzückt und betrübt zugleich, schickte ihnen als

Gegengeschenk der Stellvertreter Christi achtundvierzig in Neapel verzierte Pardelfelle für die Regenten. Aber diese »Kattenfells« wurden nicht angezogen, wohl aber sorgsam verwahrt. Vom Papste holten sich die achtundvierzig Regenten ihre Bestätigung. Und sie taten gut, den Heiligen Vater als ersten und einzigen Herrn anzuerkennen. Denn immer wieder hatten sie sich ihrer Haut zu wehren. Zwar mit den Stadern und anderen über die Elbe Angreifenden war's vorüber. Auch die freien Nordfriesen, die lieben Nachbarn jenseits der Eider, auch die Hamburger und Lübecker ließen sich in Schach halten. Aber, aber, der Erbfeind machte ihnen unaufhörlich zu schaffen: die holsteinischen Grafen, die holsteinische Ritterschaft, ganz Holstein und später die Könige von Dänemark.

Die Grafen von Holstein, die Alfe (Adolfe) aus der Schauenburgschen Sippe, mit ihren stählernen Helmen und stählernen Herzen, und die holsteinische Ritterschaft wurden rot wie geärgerte Truthähne, wenn die Rede auf die Dithmarschen kam: Wie, was? freie Bauern? Nicht unsere Leibeigenen? Und mit Ungestüm sich die eisernen Hüte auf die gelben Haare stülpend, die ihnen von den Jungen (Pagen) entgegengehaltenen Zweifäustler an sich reißend, den plumpen Hengsten die Hacken einsetzend, tummelten sie sich, »Sunte (Sankta) Maria« schreiend, an der Grenze herum. Dann hinein! Aber gleich wieder hinaus! Denn die Dithmarschen, mit ihren Keulen und langgestielten Streitäxten, paßten auf. Wenn es auch den Herren gelang, eine Viehherde zu rauben, einen Hof anzustecken – ehe sie wieder auf ihrem Grund und Boden, waren sie schon von den Nachsetzenden überfallen. In der »Hamme«, diesem Hauptloch im Dithmarschen Sack, ist besonders oft gerauft worden. Hier suchten die Rittermäuse ins Korn zu kommen. In der Hamme liegen viele geknickte Federbüsche, viele zerbrochene Schwerter, viele zertretene Schilder: Viel hundert Ritter liegen hier, erschlagen von ihren Feinden. Über der Hamme stand fast beständig ein dunkelrot Wölklein, zusammengeballt aus dem zum Himmel dampfenden Blut. In der Hamme, am Oswaldustage 1404 fand eine besonders große Schlägerei statt. Der Schauenburger selbst, zwei oldenburgische Grafen (die Oldenburger, verwandt mit den Schauenburgern, fingen schon an, sich in Holstein zu schaffen zu machen), und über dreihundert holsteinische Ritter und gefällige Herren der Nachbarschaft verbluteten. Den Hunden und Füchsen zum Fraße leuchtete, nach der Plünderung, ihr weißes Fleisch in die Nacht. Da erschienen dreihundert Edelfrauen auf dem Schlachtfeld in weißen, nonnenmäßigen Hemden und suchten, suchten, suchten im Mondlicht, die Tiere verscheuchend, nach ihren Männern.

Einmal, aber nur dies eine Mal, kämpften die Holsten und Dithmarschen Schulter an Schulter: am Marien-Magdalenentag 1227 bei Bornhöved gegen die Dänen unter Waldemar dem Sieger.

Waldemar, lange gefangen gehalten vom Grafen von Schwerin, hatte während seiner Festsitzung alle möglichen Eide geschworen, um entlassen zu werden. Auch den: die Holsteiner zufrieden zu lassen. Endlich aus dem Turm wieder erlöst, ließ er sich sofort vom Papste der Eide entbinden, koppelte ein großes Heer zusammen und zog, unterwegs die Dithmarschen zwingend, ihm zu folgen, nach Holstein. Hier aber setzte sich der junge Alf der Vierte zu Pferde, verband sich mit den Lübeckern und einigen Herren nördlich der Elbe und rückte dem Sieger entgegen. Bei Bornhöved (in der Nähe Neumünsters) im Gau Faldera kam es zur Schlacht. Sie ist eine der folgenschwersten für Holstein gewesen, denn auf immer wurden die Dänen vom Holstenlande abgeschlagen.

Waldemar, der sprühende, glühende Waldemar, von Kopf bis zu den Hacken in schwarzes Eisen gehüllt, von dem nur die lange, flammendrote Feder und die goldenen Sporen abstachen, zwang seinen Friesenhengst von einem Flügel zum anderen und umgekehrt, in immer regem Galopp: er suchte den Grafen. Er haßte ihn. Durch das Visier funkelten seine kleinen Schweinsaugen. Adolf hatte an dem heißen Tage Helm und Harnisch auf die Straße geworfen. Im himmelblauen Wams, am Goldgürtel das riesige Schwert, mit fliegenden, blonden Seidenlocken, suchte er den König. Die Schlacht stand am Mittag schlecht für die Holsten. Die Sonne stach ihnen zu sehr ins Gesicht. Da sprang der zwanzigjährige Graf von seiner Stute, hing den Purpurzaum um die Schulter und kniete: die heilige Jungfrau um den Sieg anflehend. Er versprach, im Falle des Gelingens, als Bettelmönch zu sterben. Und wirklich, die heilige Jungfrau erschien am Himmel, tat einige Schritte, bis sie die Sonne erreichte, und spannte dann ihren Mantel vor das Gestirn. Da stieg der Graf ermutigt in den Sattel, und wieder tobte die Schlacht. Zur selben Stunde aber kehrten die Dithmarschen Speer und Schild und traten zu den Holsten über. Graf Waldemar lag schwer verwundet unter seinem sich wälzenden Gaul. Die Dänen flohen.

1460 starb der letzte Schauenburger, Adolf der Achte. Er hatte noch einmal alle großen Eigenschaften seiner Vorfahren in sich vereinigt. Er heißt auch: »Der Ketzer«. Auf alle Fälle: er beugte sich nicht unter die Hofpfaffenpartei.

Dem großen Grafen-Herzog wird nachgesagt, daß er eine »sonderliche Fürliebe« für Wald und Getier gehabt habe. Das kannte man in jener Zeit nicht. Es wird dem klugen, stillen Herzog ferner nachgesagt, daß er ein eigentümlich Lächeln an sich gehabt, namentlich »so er einen als Tummen« erkannt oder über die krummen Wege seiner Gegner. Ein einziges solches Lächeln, da es auf einmal alle wohlgelegten Maschen zerstört habe, hat »ufrichtig entsetzet«. Sein Lieblingstier war die Eule. Als in seiner Sterbensnacht der Kauz um sein Schloß geschrien, hat er zum letztenmal gelächelt. Und es ist ein Zeichen: während dieser Vogel noch heutigentages von vielen tausenden törichten Menschen verabscheut und gefürchtet wird, hat Adolf das herrliche Tier geliebt.

Kein Wunder: er kam mit den Dithmarschen gut aus. Und wenn er auch verzeihliche Rachegelüste, hatten sie ihm doch den Vater in der Hamme erschlagen, fühlte, es ist nie zum Streite gekommen.

Aber bald ward es anders. Adolf, der die entfernt verwandte Linie der Schauenburger in Pinneberg als Nullen durchschaut hatte, ließ – gar zu gern wünschten ihn die Dänen selbst zum König – seinen Neffen Christian, den Oldenburger, den Sohn seiner Schwester, krönen. Und auch, obgleich er sich nie bestimmt ausgesprochen hatte, war es ein Lieblingswunsch von ihm, Christian in die Erbfolge Schleswigs einzusetzen. Blieb doch auf diese Weise Schleswig-Holstein ungeteilt.

Christian der Erste, ein bildschöner, sechs Fuß großer, ritterlicher, tapferer Herr, dem nur jeglicher Sinn für Geld und Geldeswert (»die bodenlose Tasche«) fehlte, dachte in der Marschenfrage ganz anders als sein verstorbener Oheim. Daß sich dieser kleine Fleck Erde mit seinen Bauern ihm noch nicht unterworfen hatte, ärgerte ihn außerordentlich. Eine Anfrage zur Hilfe in dieser Angelegenheit bei der holsteinischen Ritterschaft fand natürlich das freudigste Gehör. Aber noch fehlte Christian die Belehnung Dithmarschens durch den deutschen König. Unter dem Vorwande, dem Papst zu huldigen, rüstete sich Christian zum Zuge dorthin. Alles ritt in reicher Pilgertracht. Das Geld war vom König, wie stets, von holsteinischen

Edelleuten und Hamburger Großkaufleuten aufgebracht. In Rotenburg an der Tauber, dem eigentlichen Endziel des Königs, traf er mit dem römischen Kaiser zusammen. Dieser, von seinen nächsten Verwandten wenig höflich »die ewige Nachtlampe« genannt, schien mit seiner endlos langen Regierung das tausendjährige Reich begründen zu wollen. Christian spielte am Hofe in Rotenburg den Schwerenöter rechts, den Schwerenöter links. Die Damen waren entzückt, und – der deutsche König belehnte den Dänen mit Dithmarschen.

Nun sollte sofort mit Pauken und Trompeten der große Zug losgehen. Aber Schweden, ach, Schweden, ach, Schweden! machte dem Könige zu viele Sorgen. Er focht dort, persönlich immer vorweg: dafür schoß ihm ein Dalekarlier einen Pfeil ins Fleisch, ununterbrochen. Endlich, als der schöne Christian die Augen schließen wollte, übergab er die Ausführung seines Planes an seinen Sohn Hans. Inzwischen aber drohte der Papst nach dem Norden hin für seine Dithmarschen. Auch der Kaiser widerrief feierlich seine Belehnungsurkunde an Christian. Dem aber konnte sie nicht mehr zugestellt werden, denn er lag lang ausgestreckt auf seinem Paradebett. Der holsteinische Adel polterte: Papst und Kaiser wollen sich einmischen? Wer sind Papst und Kaiser? Und die Ritter machten auf ihren Gelagen unehrerbietige Gebärden nach Süden; dann schlugen sie die Eisenhandschuhe an die Schilde, daß es rasselte: der Bauer soll, er *soll* nun endlich uns den Steigbügel küssen. Auch König Hans wollte gleich, trotz Papst und Kaiser, den Kriegshelm um die ungeduldige Stirn pressen, aber er mußte warten, denn Schweden, ach, Schweden, ach, Schweden! verlangte seine fortwährende Anwesenheit.

Endlich, endlich in den allerletzten Tagen des fünfzehnten Jahrhunderts trafen die Dänen unter König Hans und seinem mehr als zwanzig Jahre jüngeren Bruder Herzog Friedrich von Schleswig-Holstein mit der holsteinischen Ritterschaft in Rendsburg kriegsbereit zusammen.

In den ersten Tagen des Februars 1500 setzte sich der Zug in Bewegung. Glänzender, unvorsichtiger, leichtsinniger sind Menschen nie in den Krieg, in die Schlacht gezogen. Und beispiellos, in der ganzen Weltgeschichte nicht wieder zu finden, war die Niederlage des Königs und des Adels. Freilich, und es muß hervorgehoben werden, die Dänen und Holsteiner fochten gegen feinen, scharfen Graupelregen, konnten, festgekeilt, auf dem einen Weg sich nicht ausbreiten und konnten nicht im Wasser kämpfen. Die Torheit des Angreifers kann das nicht entschuldigen, und die löwenartige Tapferkeit der paar sich verteidigenden Dithmarschen wird dadurch nicht geschmälert werden können.

II.

In Neumünster in Holstein war Ende des Januars 1500 König Hans von Dänemark eingetroffen. In seinem Gefolge ritten Schweden, Friesen (natürlich!), norwegische Bogenschützen, seeländische Ritter, jütische, hellgelb behaarte Bauern, laaländische Flachsköpfe. Von allen Seiten strömte ihm der holsteinische Adel zu, Großväter, Väter, Söhne, Enkel, Neffen, die gesamte Ritterschaft. Sie alle kamen mit glühendem Haß und lechzendem Rachedurst.

In diesem nordischblonden, blauäugigen Gemengsel stach Junker Slenz mit seiner »schwarzen Garde« eigentümlich ab. König Hans hatte diese in Sold genommen. Aus aller Herren Länder zusammengewürfelt, selbst Mohren und Kirgisen fügten sich in ihre Reihen, war sie der Schrecken Europas. Als sie aus Friesland über die Elbinseln nach Holstein einrückte, hätte Hamburg sie ersäufen können, wenn es die Schleusen hätte öffnen lassen. Aber Feigheit und die stille Freude, daß die schwarze Garde gegen die Dithmarschen, denen die freie Hansestadt (damals allerdings noch sehr nach den dänischen Königen sich umsehen müssend) heimlich das denkbar Böseste wünschte aus begreiflichen Gründen, hatte diese Stunde versäumt.

Trotz der harten Winterzeit hatte der König auf dem Marktplatze sein purpurnes Zelt aufschlagen lassen. Auf herrlichen, in altgriechischer Kunst getriebenen Dreifüßen brannte die wärmende Kohle; aus dem Zelteingang zog wie aus Bauerhaustüren der Rauch: die Schönheit des Südens mit der Barbarei des Nordens in wunderbarer Vereinigung.

Vor dem Zelt hielten zwei riesige Äthiopier die Wache. Sie streckten die Hellebarden, als Junker Slenz, der sieben Fuß rheinisch maß, der längste Mann der Erde, sich bückend, in den Eingang bog, um dem König, der ihn hatte zu sich entbieten lassen, Meldung und Bericht zu erstatten.

Als diese Posten wieder die Spieße streckten beim Fortgang des Gardenführers, ließ sich die Nacht auf den kleinen holsteinischen Flecken nieder. Im Zelte verbreiteten blaue Ampeln ihr Helldunkel. Carsten Holm, der Verräter seiner Landsleute, der Dithmarschen, stand mit scheuer Stirn vor König Hans. »Daß dir die Hand verdorre, hast du den richtigen Weg uns gezeigt,« schrie ihn der König an und spie aus. Aber dann hörte er finster, ohne sein Gegenüber weiter durch Unterbrechungen zu stören, dessen Vorschläge zum leichtesten und schnellsten Niederwerfen der Dithmarschen, zu den besten Wegen im Einbruch in die Marschen.

Als Carsten Holm in die dunkle, windgeschüttelte Nacht hinaustrat, fiel ein Trugstern. Dem Verräter war, als schösse, sich überschlagend, eine Lichtgestalt aus dem Himmel in die bodenlose Tiefe. Und Carsten Holm legte die Stirn an seinen Ärmel, und jeder Herzschlag hämmerte ihm vor: Verräter deines Vaterlandes.

Am anderen Morgen brachen die Truppen auf. War's zu einem Feste? Als wenn ein großer Farbenkasten, alle Schattierungen enthaltend, lebendig geworden sei, so mischte sich's kurz vor dem Abmarsch durcheinander. Vorneweg marschierte die schwarze Garde. Die ungeschlachten Landsknechtstrommeln plumperten unaufhörlich. An der Spitze schritt, scheuen Blickes, Carsten Holm, um den richtigen Weg zu zeigen. Zwei Speerträger begleiteten ihn rechts und links, um ihn niederzustoßen, wenn der Verräter ein Verräter sei; wer kann einem Verräter trauen?

General Slenz, der lange Kölner Junker, der Anführer der Garde, hatte seiner Langaufgeschossenheit wegen nie ein Pferd besteigen können. Seine Füße hätten die Erde berührt. Um aber nicht immer den Apostelfuß setzen zu müssen, hatte er sich eine sinnreiche Einrichtung zur bequemen Fortschaffung seines Körpers erdacht: Eine offene Kiste ruhte auf kleinen, höchstens vier Zoll hohen Rollen (Rädern ohne Speichen). Zwei derbe Bauernpferde zogen sie. In dieser Kiste lehnte, mit dem Rücken an der Hinterwand, sie von den Hüften an aufwärts überragend, der Junker. Er hatte die Arme gekreuzt. Der Wind wehte ihm oft die knallrote Feder des breitkrämpigen, umgekehrt suppentellerförmigen Eisenhutes über den schwarzen, dünnen Schnurrbart. Erst beim Einrücken ins Gefecht pflegte er sein sonderbares Gefährt zu verlassen.

Nach der Garde folgten schwerfällig die »Stücke«. Einzelne trugen Namen: die Laus, der Freßsack, Bruder des Donners, de gele Antje (die gelbe Anna), der Spucker, Ich tau den Schnee, der Blutlecker.

Nun der König! Er saß auf einem milchweißen, mit purpurnen Decken behangenen, tänzelnden schwedischen Hengst. Statt des Harnisches und der Schienen steckte er in dichten Zobelpelzen. Wie die alten Seekönige hatte er sein Haupt vermummt in Otternfelle. Ein Fuchsschweif fiel ihm in den Nacken. Aus der Umhüllung drängte sich sein roter Bart und schob sich bis an die tiefblauen Augen. Neben ihm, auf einem Esel, ritt der Abt des Klosters Neumünster, Probus. Sein feistes Gesicht blickte unter der Kutte ärgerlich und listig zugleich, fortwährend schielend auf den hohen Dänen.

Hinter beiden trabte der Narr der Majestät, Pus Pinkfos. Auch er hatte dem kalten Tage Rechnung tragen müssen in seiner Gewandung. Nur ein grasgrünes Ohr der Kappe, mit einem Schellchen oben, zeigte sich, klingelnd, nach vorn und hinten fallend. Der Narr äffte dem Abt nach, zur großen Belustigung aller, die es sahen. Selbst König Hans lachte einmal in sich hinein.

Dann prunkte die Ritterschaft heran, vorne die schleswig-holsteinische; so hatte sie es sich ausbedungen. Auch sie war in edlen Pelzen, statt im Panzer. Nur die langen, breiten Schwerter waren umgegürtet. Die goldenen Halsketten, die sie trug, zeigten an, daß sie zu einem Siegeszuge, zu einem Feste ritt.

Endlich folgten die Söldner zu Fuß und eine unabsehbare Reihe von Wagen. Einige von diesen enthielten die wertvollen Tafelgeschirre des Königs und des Adels; weitaus die meisten aber fuhren leer, galt es doch, die unermeßliche Beute wegzuschaffen. Sie waren von Juden umlungert, denn gleich an Ort und Stelle sollte von dem Geplünderten verkauft werden, was verkauft werden konnte.

Träge, dicke Schneewolken verwehrten der Sonne den Durchblick. Der Wind hatte seine Posaunen abgesetzt. Der Tag wechselte zwischen Frost und Wärme.

In Meldorf glaubte der Zug den Feind in Schanzen zu finden. Aber er zeigte sich hier nicht. Ohne Bedenken ließ der König die in der Stadt Gebliebenen, Greise, Frauen, Kinder, niedermachen. Er meinte durch diese Tat die Dithmarschen einzuschüchtern, daß sie sich nun bedingungslos ihm unterwerfen würden. Er hatte sich geirrt.

Die Dannebrogsfahne, die einst ein Engel dem gegen die Heiden kämpfenden Waldemar in großer Notstunde aus dem Himmel in die Arme geworfen hatte, wehte vom Kirchturm. Der König saß nachts allein in seinem Zelt. Er hatte die Stirn in die Linke gestützt und sah finster vor sich hin. Plötzlich riß er den vor ihm auf einer Trommel stehenden Goldpokal an sich und trank ihn leer. Dann erhob er sich und schob den Eingangsvorhang mit der Rechten auseinander. Die beiden Mohren streckten die Lanzen. Auf den schwarzen, glänzenden Gesichtern lag der Widerschein der ringsum leuchtenden Feuer.

Aus der Nacht tauchte vor der Majestät eine gebückte Gestalt auf, der neunzigjährige Marschall und Bannerträger Johann Ahlefeldt. Er stützte sich auf zwei zarte Jungen (Pagen); den alten Schneemann umrankten die Rosen. Der Ritter stellte dem Oldenburger vor, daß er erst tüchtiges Frostwetter abwarten möge vor dem Weiterzug, er kenne die Marschwege nicht. Aber der König schlug den Rat mürrisch aus.

Und die Nacht verschlang wieder den Greis und die Knaben. Der Dänenherr trat ins Innere zurück und warf sich auf die Bärenfelle zum Schlaf. Er befahl, die Ampeln zu löschen.

Am nächstfolgenden Morgen, Carsten Holm wieder an der Spitze, zog das Heer auf Heide zu.

Völliges Tauwetter war eingetreten. Feiner Staubschnee belästigte. Der Wind blies aus Südwest, die schweren Füße von Mensch und Tier stapften schon mühselig genug auf dem immer weicher und grundloser werdenden Weg. Hufe und Sohlen schleppten ganze Schollen mit sich weg.

Indessen waren die Dithmarschen nicht müßig gewesen. Die furchtbare Gefahr, die ihnen drohte, erkennend, traten zu verschiedenen Malen die achtundvierzig Regenten in Heide auf dem Marktplatz zur Beratschlagung zusammen. Einige äußerten sich dahin, daß alles Volk, bis die Kriegswolke verflogen, sich nach der (damals noch) Insel Büsum zurückziehen sollte, gleichsam nach dem »Salamis« der Marschen. Aber der Vorschlag wurde verworfen, und mit Mehrstimmigkeit einigte man sich dahin, das Vaterland und die Freiheit bis in den Tod zu verteidigen. Ja, kein Weib selbst blieb zurück, ohne dies zu geloben.

Einmal noch in dieser Zeit hatte König Hans einen Vermittler nach Heide gesandt, den dicken siebzigjährigen Ritter Detlev Bockwoldt (Buchwaldt). Wer kannte Detlev Bockwoldt nicht? Die ganze Welt ihn; er die ganze Welt. Überall war er hochgehalten wegen seiner Klugheit und wegen seines guten Herzens; auch sein Trinkenkönnen, und in jener Zeit gehörte etwas dazu, sich darin auszuzeichnen, wurde überall gepriesen. Die Dithmarschen nahmen seine Vermittlung nicht an. Bevor er den Rückweg antrat, hatten ihn die Regenten zum Gelage gebeten. Auf diesem soff er die ganze erlauchte Republik unter den Tisch. Als die Morgensonne in den Saal lugte, ließ er sich vom Ratskellermeister zum Schluß den Helm mit gutem Rheinwein einschenken und trank ihn aus in einem einzigen langen Schluck. Dann stülpte er den feuchten und noch tropfenden Helm auf die Locken, lachte den Schenken an: »Das frischt die warme Stirn,« und ritt lachend davon.

Nur ein kleiner Trupp von dreihundert Mann marschierte am folgenden Tage von Heide aus und warf in der Nacht in der Nähe des Dorfes Hemmingstedt quer über die Hauptstraße eine Schanze auf. In diese, so daß sie den Weg bestreichen konnten, stellten sie zwei Feldschlangen. Die Dreihundert wurden angeführt von Wulf Isebrand, der an Körper so lang war wie Junker Slenz.

Mit der geringen Schar hat die schöne Telsche aus Hohenwörden den Marsch gemacht. Sie hatte für den Fall des Sieges und der Befreiung ihres Vaterlandes ewige Keuschheit geschworen.

Auch einige unerschrockene Priester hatten sich hier nachts eingefunden. Sie entflammten durch ihre Reden den Mut der Handvoll Menschen. Der heiligen Jungfrau wurde im Errettungsfalle ein Kloster gelobt.

Der Morgen dämmerte heran. Auf der Krone der Schanze stand die schöne Telsche. Sie hatte die Arme zum Himmel gebreitet und betete inbrünstig. In der Rechten hielt sie ein kurzes Schwert, in der Linken eine weiße seidene Fahne, in die die Mutter Gottes mit dem Jesusknaben hineingestickt war.

Dreißigtausend rückten gegen die Dreihundert an. Es wurde Mittag, ehe auf beiden Seiten das Feldgeschrei ertönte: »Hilf, sunte (sankta) Maria . . .«

. . . und da jagte Henning Rullwagen, der als Kundschafter ausgeschickt war, so gut sein Pferd fortkommen konnte, von Süden her in die Schanze: »Sie kommen!« Kein Ruf erklang, kein Hurra, aber in Stiel und Griff verwuchs die Faust. Bald hörte jeder die ungeschlachten Landsknechtstrommeln heranpumpern.

Zum Perlschnee hatte sich feiner Regen gesellt. Der Wind, noch immer Südwest, schlug schneller die Schwingen.

Junker Slenz lehnte noch in seiner Kiste. In langer, schmaler Linie, dicht aufeinander folgend, nahte der König mit den Rittern.

Wenn sie nur ihre Ohren und Augen gebraucht hätten, die Heranrückenden. Aber nicht einmal eine Spitze hatten sie vorgetrieben. Von Seitenläufern konnte die Rede freilich nicht sein, denn rechts und links des matschigen Weges waren die Felder so sehr aufgeweicht, daß kaum der einsinkende Fuß, besonders eines mit den örtlichen Verhältnissen nicht Vertrauten, sich wieder aus dem Schlick befreien konnte.

Schnee und Regen fielen dichter.

Da lösten sich die Feldschlangen in der Schanze und sandten ihre eisernen Kugeln in die vorderen Reihen der Angreifer, daß diese stutzig wurden. Junker Slenz entstieg der Kiste, schritt mit langen Riesenschritten an den Kopf des Zuges und rief in die Schanze, mit der Faust drohend, in seinem Kölner Platt: »Wahr di Buer, de Gard de kummt.« Umgehend wurde ihm die Antwort aus den Geschützen gesandt. Und wieder stutzten die Vordersten und wollten nicht weiter, und die Nachfolgenden, den Vorgang vorn nicht ahnend, drängten und drängten. Junker Slenz sah schon jetzt das Verderben, wenn nicht sofort eine Wendung herbeigeführt wurde. Er schrie, und die Nadeln eines Tännleins, das hier wunderbarerweise im fetten Marschboden vereinsamt stand, fielen vor Schreck auf die Erde: »Die Faschinen in die Gräben!« Und mit großer Emsigkeit wurden die für den Fall vorgesehenen Reisigbündel in die Gräben geworfen. Nun konnte sich die Garde ausbreiten. Aber, o weh, sie blieb im Morast stecken.

In diesem Augenblick geschah das Unerhörte: der Wind drehte sich aus Südwest nach Nordwest, und Hagel, Schnee und Regen kam den Angreifenden ins Gesicht.

Jeder Küstenbewohner der Nordsee, die Marschen, die Inseln kennen das Wort: Nordwest nach Südwest bei Flutzeit. Die ungeheuren Wassermassen aus dem Kanal, aus dem Ozean stauen gewissermaßen, dreht sich der Wind nach Nordwest. Und dann fanden die Überschwemmungen statt, die viele Tausende ins Wasser rissen. Freilich, damals waren es Sommerdeiche.

Während sonst ängstlich alle Augen auf die Festigkeit der Schleusen gerichtet waren – heute am schlimmen Februartag 1500 heißt es überall: »Die Schleusen auf!« Wie eine Ahnung ist's: Die Unserigen stehen im Kampfe, ersäuft den Feind.

Und nun quoll sie ins Land hinein, die Flut; und stieg und stieg und setzte alles unter Wasser. Auch um die Schanze herum stieg es. Schon stehen die Garden bis ans Knie in der schwarzen, trägen, unmerklich steigenden, unheimlichen Welle.

Den Verteidigern tut sie nichts an; sie verstehen ihre Springstöcke zu gebrauchen.

Telsche mit Fahne und Schwert und Wulf Isebrandt voran, machen die Dreihundert einen Ausfall – und müssen zurück.

Junker Slenz prahlt wie Goliath einst: »Komm heran, wer den Mut hat.« Der starke Reimer von Wimerstedt, der einen vollbesackten Kornwagen mit den Schultern hebt, stürmt aus dem Schutz der Schanze. Sein langer Speer mit dem Widerhaken greift in die Halsberge des Junkers. Der stürzt, daß hochauf das Wasser spritzt. Reimer stellt seinen Fuß auf ihn und stößt ihm das kurze, rasch von der Seite gerissene Schwert ins Herz.

Und wieder prallen die Dreihundert vor. Wulf Isebrandt und die schöne Telsche abermals voran. Einen in der Mitte umfaßten Windelbaum wie eine Gerte über sich kreisend, ruft er: »Wahr di Gard, de *Buer* de kummt!« Jetzt müssen sie nicht mehr zurück. Sie reißen alles unter sich in die Feuchte. Das schwarze Gewässer mengt sich schon mit dem Blut. Der noch auf der Straße stehende Teil der Garde macht kehrt; der Troß, die Söldner hinten, drängen, nicht wissend, was das Halt bedeutet, immer stärker. In der Mitte sind der König und die Ritter eingeklemmt. Als diese ihre Lage erkennen, wollen sie über die Gräben setzen. Unmöglich, Keil in Keil, sie sind verfitzt. Die Faust, so ineinander sind sie, kann nicht ans Schwert. Sie erdrücken sich gegenseitig. Die Pferde werden scheu. Und der Brodem, der dampfende Schweiß der Hengste, der Hagel, der Regen, der Schnee. In eine Wolke ist alles gehüllt.

Wulf Isebrandt schreit, als die Garde am Boden liegt: »Schlagt die Pferde, schont die Ritter.« Bald aber: »Schlagt die Ritter, schont die Pferde.«

Und von den gegenüberliegenden Grabenrändern her reißen die Dithmarschen mit ihren langen Haken die Edelleute zu sich, treten sie ins Wasser und trampeln sie tot.

Wo ist der König? Endlich, endlich hat er sich freigemacht. Er will untergehen. Die Schmach will er nicht überleben. Schon setzt er die goldenen Zinken seinem Schlachthengst in die Weichen, um mit ungeheurem Sprunge über den Graben zu kommen, da ereilt ihn ein Schlag auf den Hinterkopf. Pus Pinkfos schlug ihn. Den Ohnmächtigen nimmt er vorn auf sein Pferd. Es gelingt ihm mit unsäglicher Mühe, durch die sich ineinander gefahrenen Wagen zu entkommen. Er hat den König gerettet.

Die güldenen Sporen liegen im Morast. Und es ist alles ein Schlamm, aus Blut, Schweiß, Schmutz, Knochen, Schnee, Regen, Lehm gemengt. Die Dithmarschen würgen nur noch . . . was ihre eisennägelbeschlagenen Schuhe nicht tottreten, erwürgen sie mit den umklammernden Fäusten. Die schleswig-holsteinische Ritterschaft ist erstickt, ertrunken.

Die schöne Telsche ist unter den Würgern. Rechts hält sie noch das kurze Schwert, links das Banner. Nun steht sie über dem jungen Pagen Gosche (Gottfried) Doberstorff, dem das blonde Gelock schon klebt im Blut und im Schlamm. Seine Augen schauen entsetzt in die ihren. Aber Telsche kennt heute kein Erbarmen; sie hat ewige Keuschheit geschworen. Das Schwert wegwerfend, reißt sie ihm das samtene Wams vom Halse und stößt mit wuchtigstem Stoße die weißseidene Fahne mit dem Muttergottesbilde dem Knaben durch die Brust, daß sie, flatternd, feststeht wie in einer Mauer.

Die Beute des Sieges ist unermeßlich. Die goldenen Halsketten der Adligen legen die Dithmarschen ihren Hofhunden an. Den eroberten Dannebrog hängen sie in der Kirche zu Wöhrden zu ewigem Gedächtnis auf.

Der schleswig-holsteinische Adel schien vernichtet zu sein. Einige Geschlechter waren auf dem Schlachtfelde ausgestorben. Die Listen über die gefallenen Edelleute stimmen nicht ganz überein. Eine vor nicht langer Zeit gefundene Chronik, dessen Verfasser wahrscheinlich selbst mitgekämpft, jedenfalls die meisten der Erschlagenen gekannt hat, gibt eine Reihe von Namen an, denen er die augenscheinlich unter den Standesgenossen und im Volke übliche Nebenbemerkung beigefügt hat. Freilich, freilich, die so gern gelesenen und auch sonst so beliebten Worte: »Rittergutsbesitzer« und »von« kannte jene Zeit noch nicht. Schade, schade.

Detlev Tynen to walstorp. De hett Koning Christjern gedräuet vnde verwegert vnnde deme Koning alle truwe vnde Manschop upgesecht vunde afgesecht. Got Genade.

Clawes Tynen, Skokular, dat is: De Hinkende. De buern hebben em een Been, een Arm, een Og affschlagen in de erschreckliche Schlacht bi Hemmingstedt. Is nu dot. Ridder Gott gnade.

Wittekopp Wohnsfleth, schackens sone, tho Ornum vnde Messunde. Ridder.

Dethlev Wohnsfleth, de hett sin broder Henneke ersteken tho Bononia, dat is: Bolognia. Godt Gnade.

Wulfs Wohnsfleth tho Ostergaarde. Ridder. De Fleutenspeler.

Christorp Meinstorpe tho Meinstorp. Ridder. He wasde leste van sine Geschlechte. Gad gnade vnde deme himelscher vader Befahlen vnnde unse lewe frouwen. Bedet for ehm.

Benedictus Pogwisch, miles.

Dethlev Pogwisch de ander, Henninges sone, tho rikelesdorpe, Knape.

Clawes Pogwisch, sub nomine: De gele Düwel (Der gelbe Teufel), schackes sone, tho farve. Ridder. Got Gnade.

Hinrich Bokwoldt to wensine, Ridder.

Caspar Bokwoldt to rögen, Hennekes sone. Ridder. Hövetmann bi den Landesknechten. Sub nomine: De Gude.

Schacke Rugmohr, oves sone, to Geltingen. Ridder.

Kaie Rugmohr, en jung fin Junker mit gele Lukken. Vertein jare. Gott Gnade.

Hans Blome mit deme Zinke (große Nase?) tho doberßtorpe, Ridder. Gadt Genade.

Sivert Brocktorp, Ridder, so dene duchtigen, wollgepohren Fursten Rumpolt in Roma ersteken; se weren vull wines. Gott gnade.

Dethlev Sehestedt tho Sehestedt, Clawes sone, Ridder.

Breide van der Wisch, Knape, mit de Dern ut Hispania.

Wulff van der Wisch, Ridder, gebrödern.

Benedictus Qualen to Knope, Ridder, mit de Muusplacken.

Ove Rantzow, Ridder tho rastorp, sub nomine: Apollon, de Grekenkoning.

Clawes Reventlou thor Haseldorp, de Astrologe, Ritter, Ottens sone, Gadt Genade.

usw.

In nomine Domini. Amen.